Annie

Anthony Foerster

Annie

Roman

LE LYS BLEU
ÉDITIONS

ISBN : 979-10-422-2333-5

BloodSpeed, spartiate,
une leçon de vie à toi tout seul RIP
Taly, le plus important dans la vie
c'est l'amour forever
Alyssa Lena, l'amour inconditionnel,
le savoir est une arme
Sarah, merci d'avoir changé ma vie,
de l'avoir sauvé
Eli Ink, à la vie à la mort
Je remercie Dieu chaque jour
de vous avoir mis sur ma route,
je prie pour qu'il vous bénisse
À ma famille et mes amis

On peut très bien comprendre tous les mots, mais ne pas comprendre la phrase…

1
La forêt

C'est un soir sans lune, la nuit est d'un noir profond et seules les étoiles en scintillant donnent un semblant de lumière dans cette pénombre silencieuse.

Tapie dans des buissons de cette forêt dense, une batte de baseball serrée entre ses mains, Annie terrorisée, est à l'affût du moindre bruit. Ses sens sont éveillés comme jamais elle ne pouvait l'imaginer. Le moindre hululement, la moindre feuille caressée par le vent la met en alerte. Le parfum si particulier des sapins mêlé d'une senteur de fleurs sauvages est comme déposé par une douce brise sur son visage.

Dans un moment de lucidité, elle se demande :

« Mais merde, comment j'ai pu en arriver là ? Comment ma vie peut-elle se jouer ce soir, la nuit de l'anniversaire de la mort de mon père ? » Quelle ironie !

En effet, 20 ans plus tôt, son père fut violemment assassiné dans des circonstances encore inexpliquées.

Puis elle pense à son fils Adrien 10 ans :

« Comment fera-t-il sans moi ? Quelles séquelles indélébiles, sa peine lui laissera-t-elle ? Qui s'occupera de lui ? »

Puis elle s'imagine Adrien en foyer abandonné à son sort, comme elle-même à son âge, elle ne peut supporter cette idée.

Dans un sursaut d'orgueil, elle se dit qu'elle ne lâchera pas l'affaire si facilement que si elle devait vivre ses derniers moments ce sera en tant que guerrière et non en tant que victime.

Soudain, le chant des oiseaux, un craquement de branche, elle ouvre difficilement les yeux : « Que s'est-il passé, je me suis endormie ? »

Quelqu'un avance vers elle, c'est sûr, c'est le moment décisif ! Elle attend encore et encore le meilleur moment, soudain elle se lève et frappe de toutes ses forces à l'aide de la batte de baseball. Le bruit sourd de l'impact sur la tête est semblable à celui d'une pastèque qui s'écrase au sol. Ce goût de sang qui coule dans sa bouche est-il celui de la délivrance ?

2
Annie

À 32 ans, Annie est une magnifique mère de famille aux yeux d'un vert perçant, sa silhouette attire le regard des hommes qui se retournent sur son passage. Le plongeant du carré de sa chevelure dorée laisse apercevoir une partie de sa nuque, elle sait prendre soin d'elle, sensuelle dans sa façon d'être et dans ses gestes, elle sait qu'elle plaît et sait se mettre en valeur. Ses activités sportives régulières lui donnent une silhouette aux courbes harmonieuses qui la rendent extrêmement sexy.

À l'image des jeunes femmes modernes, elle est indépendante, autonome et libérée. Séductrice, elle manipule facilement les personnes pour arriver à ses fins, hommes et femmes tombent rapidement sous son charme ravageur.

Sa carrière professionnelle en tant que responsable marketing d'une grande firme de cosmétiques la rend particulièrement fière d'elle. Un salaire lui permettant une autonomie totale, un grand bureau avec une baie vitrée qui lui offre une vue vertigineuse de la place Kleber et au loin Notre-Dame de Strasbourg tranche majestueusement l'horizon. Elle ne doit rien à personne, personne ne lui a rien donné. Elle a bâti toute seule les marches sur lesquels elle a grimpé, surtout au vu du parcours qu'elle a dû franchir pour en arriver là.

En effet, fille de toxicomanes, sa mère donnait son corps pour avoir quelques doses qui étaient souvent consommées le jour même. C'était une femme effacée, sans aucun caractère. Elle paraissait douce, mais n'avait pas l'opportunité de le montrer étant dans un état lamentable la plupart du temps ou en manque et donc agressive quand elle n'avait pas sa dose. Capable de tout, quitte à s'injecter son traitement de substitution du Subutex qui dans le milieu peut valoir de l'or.

Elle était frêle, son visage dur et marqué en disait long sur ce qu'elle avait pu traverser. Elle se laissait bouffer par la vie et par son mari qui en faisait ce qu'il voulait, son emprise était totale. Si elle avait été propre sur elle, Annie lui ressemblerait beaucoup. Le vert de ses yeux était masqué par les vaisseaux rouge écarlate éclatés dans ses globes oculaires. Sa poitrine n'avait pas besoin d'être soutenue par des armatures tant elle était maigre.

Même toutes les larmes épuisées des yeux de sa fille ne pouvaient pas éteindre ces flammes en dessous de sa cuillère, cette cuillère où un mélange de vinaigre et d'héroïne bas de gamme et coupé bouillait avant qu'elle ne l'injecte dans son corps. Elle avait une multitude d'hématomes, entre impacts de seringues et séquelles des coups reçus par son mari et par d'autres hommes. Enfant déjà, elle subissait l'emprise de l'homme représentant sa figure paternelle. Mais elle n'a jamais parlé des viols et des sévices qu'elle avait pu subir.

Pas une veine n'avait été épargnée, les toxicomanes au bout d'un moment n'arrivent plus à en trouver pour se piquer. Tout y passe, même en dessous de la langue, parfois ils se mettent en sang avant de pouvoir trouver le nouveau spot qu'ils vont exploiter jusqu'à le dissoudre par l'acidité du produit.

Le père de Annie était un homme violent, il semblait dénoué de toutes émotions. Tout ce qui l'importait c'était sa dépendance à la défonce, drogue et alcool, leurs vies étaient conditionnées autour de ça. Il semblait prêt à tout pour parvenir à ses fins, quitte à vendre sa femme et pourquoi pas sa fille dès qu'elle sera un peu plus grande ou dès qu'elle sera désirée par l'un de ces personnages pervers qui allaient et venaient chez eux.

Il empestait la transpiration d'un alcoolique, ses débardeurs en étaient jaunis. Aucune hygiène, des cheveux gras et des dents rongées par le tabac à chiquer qu'il se mettait entre les lèvres et les gencives. Il inspire un tel dégoût à Annie qu'elle se refuse même de poser son regard sur lui. Son visage reflétait celui du malin et le diable lui-même devait se refuser à posséder une âme aussi disgracieuse. Son enfance d'orphelin ballotté de foyers en familles d'accueil n'excusait en rien son comportement.

Annie lui en voulait terriblement, elle le considérait comme responsable ou plutôt coupable de ces conditions de vie. Leur appartement était délabré, une forte odeur de vinaigre mélangé à celle du tabac, du haschich et de l'alcool flottait dans l'air. Nichés dans les combles d'un immeuble vétuste d'une banlieue mulhousienne, le froid les rongeait en hiver et la chaleur était étouffante en été. Cafards et rats pour animaux de compagnie, dans ce lugubre endroit, Annie se sentait pourtant chez elle.

Mais la tapisserie dans sa chambre était pourtant bien le reflet de sa vie, déchirée de toutes parts. Elle qui adorait lire devait se cacher pour le faire tant les esprits de ses parents étaient incultes. Heureusement que l'école lui offrait une échappatoire et un puits de connaissances illimitées grâce à la multitude d'écrits de la bibliothèque. Agglutinée devant les rayons, entre les romans et les écrits scientifiques ou d'astrophysiques, elle était intéressée par tout et fut rapidement bien plus instruite que la plupart des adultes qu'elle croisait.

Ses parents se sont rencontrés dans la rue, ils vivaient comme des marginaux. Cette époque de la vie où la rébellion contre la terre entière n'a pas réellement de raison, premiers joints, l'alcool exceptionnel devient vite habituel. Puis la spirale, les drogues se durcissent au même rythme que la dépendance, jusqu'à devenir totalement esclave de cette vie qui au départ les attirait pourtant tellement.

Un jour, Annie qui n'avait alors que 9 ans trouvait sa mère sans vie dans le salon de cet appartement lugubre. L'odeur de la mort ne l'effrayait pas, la vision même de sa mère étendue sur cette vieille moquette maculée de mille et une taches ne l'effrayait pas. Elle l'avait vu tellement de fois affalée à moitié morte, elle s'est imaginée ce moment tellement de fois, ce moment qui finalement semblait inéluctable. La lucidité et le calme de cette gamine impressionnaient chaque personne qui pouvait croiser sa route. Son regard vide cachait une féroce faim de s'en sortir, une forte soif de connaissance, Annie était vouée à accomplir de grandes choses.

Ce flash-back s'interrompt soudain par le rire des invités. Dans la cave à vins, Annie recherche l'une des meilleures bouteilles pour honorer ses hôtes. Les bouteilles se comptent par dizaines et leurs valeurs est de plusieurs centaines voire milliers d'euros. Elle choisit un Saint-Émilion 1996, elle apprécie les grands crus, Château Margaux, Petrus et j'en passe.

Un homme se glisse doucement derrière elle, l'embrasse dans le cou, sans dire un mot. Les amants contiennent leur étreinte afin de ne pas faire de bruit, ce qui augmente encore l'intensité du moment ainsi que leurs excitations.

De retour dans la salle à manger, Annie en a oublié de prendre le vin qu'elle était allée chercher, son mari Richard ne manque pas de lui faire remarquer :

« Mon amour, tu n'as pas oublié quelque chose ? Ah ces femmes ! Je racontais justement à nos invités la fois où tu as défoncé la voiture dans la porte du garage ! » dit-il en éclatant de rire.

« La bouteille est là Annie, tu l'avais laissé devant la porte, je l'ai vu en rentrant.

— Eh bien, fumer permet de retrouver les bouteilles de vin, ça a ses bons côtés finalement petit frère ! »

Le rire de Richard tranche avec le regard complice que Annie et Christian s'échangèrent.

Le couple d'amis présent ce soir semble terriblement gêné par la situation. Seul Richard complètement ivre n'a pas l'air de comprendre ce qui se trame juste sous son nez, ou ne veut-il pas le comprendre.

L'homme est un collègue de Richard, ses bagues et l'énorme croix en or qu'il porte autour de son cou font bien comprendre à quel point il baigne dans la haute. Cet oligarque russe a fait fortune en plaçant de l'argent dans des actions de sociétés qui depuis n'existent plus, il a des contacts dans le milieu boursier, jusqu'à Wall Street ou on le connaît pour son flaire qui pour tous est suspect parce que tellement téméraire. Sa présence n'est d'ailleurs pas anodine.

Sa femme, ornée de diamants n'a plus grand-chose de naturel, de la poitrine aux lèvres, du lifting à la liposuccion. En fait elle ne sert à rien, elle n'a même pas le rôle d'une plante verte tellement elle est ignare. Elle ne moufte pas de la soirée. Carmen est une simple vitrine pour Igor.

Annie la regarde avec pitié :

« Finalement je la plains, un caillou qui coule doit avoir plus de réflexion que cette greluche totalement coquée et à côté de la réalité. »

La soirée se termine sans Annie qui laisse ses hôtes et Richard dès le départ de Christian.

Vivant dans un petit village le long de la frontière franco-allemande, dans une luxueuse villa en plein pied, orientée plein sud, les baies vitrées laissant la nature faire partie de ce nid luxueusement douillet, un hectare de terrain, une piscine intérieure donnant sur l'extérieur de la maison, un jacuzzi, un SPA avec un terrain de tennis et un terrain de golf que finalement personne n'utilise, seule la forêt délimite sa propriété.

Annie a parcouru un chemin impressionnant depuis son enfance pour en arriver là. Ses premiers voisins à environ 2 km sont des agriculteurs. Une famille étrange qui semble tout droit sortie d'un mauvais film d'horreur. Le patriarche, un homme fort toujours vêtu d'un marcel blanc jauni par la sueur, d'un jean usé et d'une paire de bottes pleines de boue et d'excréments, paraît être un vrai tirant avec sa famille.

Annie a beaucoup d'empathie envers leur fille, Sophia, 16 ans à peine, sa maigreur et son visage d'un pâle fantomatique sont le signe d'une carence alimentaire certaine et d'une vie faite de maltraitance. Un jour elle titubait sur la route, tuméfiée et la bouche en sang, Annie avait alors ramené Sophia à la ferme. Le vieux l'avait violement chassé en la traitant de pouffiasse bourgeoise à bord de sa berline de luxe, que si elle avait le malheur de revenir sur sa propriété, il la tuera d'une balle de 22 sans aucune hésitation. Quelque chose en lui, lui rappelai son père, même si d'apparence ils n'avaient rien à voir, la haine dans son regard ou la violence dont il était capable, une méchanceté naturelle qui ferait baisser les yeux de n'importe qui.

Depuis, Annie ne regarde même plus dans la direction de la ferme lorsqu'elle passe devant, de peur de croiser son regard ou celui de Sophia. Elle qui devait désespérément chercher un quelconque soutien à sa souffrance. Que lui fait-il subir ? Annie se le demande à chaque fois, le cœur serré, la boule au ventre. Un sentiment de culpabilité l'envahit quand elle y pense et ses songes la ramènent toujours à son enfance, une sensation étrange, d'autant plus que ses souvenirs de cette période sont tronqués par les drames qu'elle a pu vivre, une amnésie partielle de protection selon sa psychologue.

Son quotidien est dirigé comme beaucoup au rythme du « métro boulot dodo ». Adrien, son fils, est un enfant gâté certes, mais très respectueux. Il aime l'école, le foot et la science. Adrien se sent clairement délaissé par son père, mais Annie s'occupe de lui comme de la prunelle de ses yeux. Son idole n'est autre que son oncle Christian, un gaillard de 1m90 qui travaille dans la même entreprise que Annie. Beau brun aux yeux d'un noir profond, à s'y perdre tellement son regard semble intense. Sportif au corps d'Apollon, ses conquêtes ne se comptent plus. Il vit dans la périphérie de Strasbourg, à une trentaine de kilomètres de là.

Depuis toujours, il vit dans l'ombre de son frère, issu d'une famille bourgeoise, ils ont eu l'éducation de ces enfants qui préféreraient connaître leurs parents et pouvoir les tutoyer plutôt que cette cuillère en or qu'ils ont eu toute leur vie. La fortune dont ils ont hérité leur permettait de ne pas travailler, une simple occupation d'après eux, pendant que Annie a dû trimer comme une forcenée pour en arriver là.

Une liaison est née entre elle et Christian depuis que Richard a été promu dans son boulot de trader et qu'il consomme plus d'alcool et de cocaïne que de moment torride avec sa femme.

Cette même cocaïne qui avait condamné sa mère, elle déteste tellement chaque grain de ce poison. Parfois Annie se surprend à souhaiter le même sort à Richard, lui qui l'horripile de plus en plus. Cette relation avec son beau-frère est vraiment particulière, mais le goût de l'interdit flirt avec celui de la culpabilité, cette situation semble être un piège qui s'est refermé sur eux, pris dans la toile de cette passion si intense.

Fumant des cigares aux prix indécents et buvant des bouteilles d'alcool que peu de personnes peuvent se payer, Richard est devenu tellement imbu de sa personne que Annie ne reconnaît plus le jeune homme dont elle était tombée éperdument amoureuse.

Ils se sont rencontrés à la FAC, ce beau jeune homme intelligent était introverti et discret, cela tranche avec le personnage qui partage sa vie. Ils se sont mariés très jeunes, le 1er amour qui souvent devient trop long avec le temps, ou la routine s'installe rapidement après la naissance du 1er enfant, ce genre de relation ou l'on reste ensemble par habitude, par culpabilité « pour l'enfant ».

Annie y a déjà songé à plusieurs reprises, quitter cette vie mitigée. Partagée entre Richard et son épanouissement professionnel, celui d'être une mère aimante et la femme libérée qu'elle est devenue depuis sa première aventure extra-conjugale d'un soir, lors de l'enterrement de vie de jeune fille de sa meilleure amie Claire. Ce stripteaseur tellement sensuel n'a finalement eu aucun mal à la séduire après quelques cocktails.

3
Sophia

Un soir, Annie surprend Sophia titubant, sortant de la forêt. Les yeux gonflés, couverte d'hématomes et vêtue d'une chemise de nuit blanche ensanglantée à l'entre-jambes. Pieds nus et écorchés, elle a traversé les 2 km qui les séparent de la ferme dans le noir à travers les ronces et les cailloux. Les branches des arbres permettent difficilement de faire plus de quelques mètres sans encombre. Un parcours du combattant pour parvenir jusque-là. Cette petite brune au corps d'enfant est pleine de cicatrices. Ses cheveux sont gras, elle est mal odorante et la crasse accumulée sous ses ongles interpelle Annie sur le manque de soins qui doit être totalement secondaire pour cette adolescente à la dégaine de gamine.

« Il t'a fait du mal ? Mon Dieu dans quel état tu es ! Viens, tu es à l'abri ici. »

En sanglot Sophia semble soulagée d'avoir quelqu'un qui s'intéresse un tant soit peu à elle.

« Ne bouge pas, je vais appeler les secours ! Ma pauvre chérie.

— Non ! Non ! s'il vous plaît n'appelez personne ! il va m'tuer ! Il va nous tuer toutes les 2 !

— Mais tu ne peux pas rester dans cet état !

— J'ai l'habitude, ils me violent tout l'temps et m'enferment des fois dans la grange pendant des jours.

— Quelle horreur ! Mais comment cela est-il possible ? Ton père te fait subir ça ? Il est complètement fou ! Il faut appeler la police !

— J'ai juste besoin d'me reposer s'il vous plaît, n'appelez personne, laissez-moi rester chez vous quelques jours puis j'prendrais la fuite, j'veux plus jamais retourner là-bas ! »

Épuisée, Sophia ne demande qu'à avoir un endroit où se reposer. Un endroit ou « le vieux » ne viendra pas la débusquer.

Annie s'imagine alors le moment ou Richard rentrera ce soir d'été, ivre comme souvent et qu'il tombera nez à nez avec Sophia dormant sur le sofa :

« Elle semble avoir passé un sale moment celle-là, qu'est-ce qu'elle fout ici ?

— Chut ! soit discret elle a besoin de se reposer la pauvre. »

Annie tire Richard vers la cuisine pour ne pas déranger Sophia.

« Elle a été maltraitée par son père, je l'ai trouvé dehors en sang ! Il l'a presque tuée ! Je pense qu'il la torture et qu'il la viole, elle est pleine de cicatrices.

— Pourquoi n'as-tu pas appelé les flics ? Tu t'es pris pour une assistante sociale ? Ce n'est pas un refuge ici !

— Le temps qu'elle se remette sur pieds et elle s'en ira, elle a juste besoin d'aller mieux.

— Une semaine max, après quoi j'appellerai les flics, rien à foutre ! Mère Thérèsa ! »

Elle songe à son rire sarcastique mettant un terme à la discussion comme s'il n'y avait pas le choix et que la décision ne dépendait que de lui. Puis il titubera vers la chambre et d'un hochement de tête fera signe à Annie de le rejoindre. « Je ne peux pas la laisser comme ça. La dépendance est confortable, elle est à l'écart et personne n'y met les pieds », se dit-elle.

« Viens par ici, voici notre petite dépendance, c'est pour les amis quand ils viennent passer un week-end chez nous. Ça sera chez toi durant quelques jours, ça te va ? »

Sophia entre dans cette dépendance qui à ses yeux ressemble plus à un appartement de luxe. Le confort qu'il offre est bien plus qu'elle n'a jamais eu, qu'elle n'a même jamais vu.

« Très bien M'dame, merci, merci beaucoup, c'est magnifique, j'veux pas vous déranger, merci beaucoup », dit-elle en sanglotant.

« Mais tu ne me déranges pas, cela te permettra de te remettre sur pieds, prends le temps qu'il te faut. Je vais chercher de quoi te soigner, et de quoi te changer, j'arrive ne bouge pas. »

En sanglots Sophia tombe dans ses bras. Puis Annie s'empresse de chercher de quoi lui prodiguer des soins.

À son retour, Annie retrouve Sophia exactement au même endroit, stoïque, elle n'a même pas bougé d'un poil.

« J'veux plus y retourner, j'peux plus supporter cet enfer !

— Je comprends, lorsque tu iras mieux, je te donnerais un peu d'argent et nous trouverons une solution. Quand Richard rentrera, il faudra que tu restes discrète, il ne doit pas savoir que tu es là, personne ne doit être au courant.

— Très bien M'dame, j'sais pas comment vous remercier.

— Tu n'as pas à me remercier, c'est tout à fait normal. Il faut que j'y aille, bonne nuit et à demain. Il y a tout ce qu'il faut dans la cuisine pour te faire un repas, prends-toi un bon bain, je passerai te voir rapidement demain matin.

— Bonne nuit M'dame.

— Appelle-moi donc Annie.

— Très bien, bonne nuit Annie. »

D'un sourire plein de compassion, Annie ferme la porte et s'en va.

Sophia visite la dépendance, 2 grandes chambres à coucher, avec dans chacune un grand lit XXL qui lui donne une sorte de vertige, elle dormira sûrement sur le canapé d'angle. Les chambres sont équipées de douches italiennes ornées de mosaïque, un petit frigo et un coffre-fort.

« Mais qui a besoin de tous ces trucs dans une chambre ? »

Elle trouve cela tellement indécent, mais ce mot elle ne saurait l'exprimer, elle en ressent juste la définition du fond de ses tripes.

Le salon est ouvert sur la cuisine, l'écran de la télévision est plus grand que ce qu'elle pouvait s'imaginer. Le moindre bruit la fait sursauter. Elle continue vers la salle de bain, le parquet en chêne laisse place au marbre, elle est magnifique, une baignoire d'angle avec des buses qu'elle ne sait interpréter, il y a même un hammam, elle ne sait même pas ce que c'est et elle ne saurait pas le mettre en service. Elle ne connaît pas cette odeur, celui d'un endroit neuf, des tableaux ornent les murs, il y a même une bibliothèque avec des centaines de livres.

Dans l'entrée, sur un meuble, il y a une photo de Annie et de sa famille parfaite au bord de la mer entourées de palmiers, ils semblent tellement heureux ! D'un geste brusque, Sophia tourne le cadre en se mordant les lèvres jusqu'à en saigner. Une profonde jalousie la ronge face à cette vie inaccessible pour une personne comme elle.

Comme prévu, Richard rentre ivre, Annie appréhende ce moment où il vient se coucher à côté d'elle avec une haleine qui la dégoûte, empestant le whisky et le cigare cubain, ce moment où il se colle à elle pour assouvir ses envies. Elle est arrivée à un point où elle se sent souillée lorsqu'ils ont une relation sexuelle,

elle attend juste avec impatiente que ce gros porc ait fini sa besogne.

Le lendemain 8 h, Annie se réveille en panique :

« Putain je suis à la bourre ! Adrien, lève-toi, on est en retard pour aller à l'école !

— No stress maman ! Je gère ! »

En effet, Adrien semble prêt, il a déjeuné, son sac d'école est posé devant l'entrée. Il a tellement grandi et en si peu de temps.

« C'est bien mon chéri, va dans la voiture, j'arrive dans 2 minutes. »

Annie passe rapidement voir si Sophia va bien.

« Bonjour M'dame, voici un café, j'ai mis 2 sucres et pas de lait j'espère que ça vous ira.

— Eh oui c'est exactement ça. »

Annie est un peu perturbée. Elle avale le café d'une traite.

« Je serai de retour vers 19 h, fais comme chez toi, Richard devrait partir vers 10 h, sois discrète, il ne comprendra pas ta présence, disons qu'il n'est pas très… compréhensif », dit-elle avec un petit rire nerveux.

« Très bien, merci beaucoup pour votre hospitalité M'dame, vous êtes une sainte.

— Oh que non ! Je n'ai rien d'une sainte, je te l'assure », répond-elle en souriant.

« Et cesse donc de m'appeler Madame, appelle-moi Annie.

— Très bien Annie, bonne journée, à ce soir. »

Sur la route vers l'école, Adrien pose mille questions comme à son habitude :

« D'où vient l'eau, comment on la fabrique ?

— Euh, l'eau est toujours là, rien ne se fabrique et rien ne se perd, tout change juste d'état, elle s'évapore puis elle retombe avec la pluie.

— Mais l'eau que je bois, quand je fais pipi ?

— Euh comment dire, quand ton pipi s'évapore bin… l'eau se sépare et va dans les nuages et recommence le cycle qui existe depuis toujours !

— … donc on boit le pipi de nos ancêtres, c'est dégoûtant ! »

Ils éclatent de rire et Annie se dit alors que ces moments simples et magiques sont si précieux, qu'elle aurait tellement voulu en vivre avec sa mère…

Elle dépose son chérubin à l'école, le regarde s'en aller en courant, ce pincement dans son cœur de le voir si grand fait couler une larme le long de sa joue.

Son accouchement fut tellement compliqué, une arrivée en siège avec le cordon ombilical autour de son petit coup. La première fois qu'elle a pu voir son fils c'est lorsque les médecins le réanimaient. Elle s'est sentie tellement impuissante et tellement seule ce jour-là. Et Richard qui a même loupé ce moment à cause de son travail, quel idiot ! Quelles sont ses priorités ! C'était la seule fois où elle suppliait en priant un Dieu qui lui semble utopique depuis toujours.

Peu importe, Annie a appris depuis bien longtemps qu'il faut profiter de chaque minute présente et que le poids du passé empêche juste de s'élever vers l'avenir. Qu'elle ne peut compter que sur elle-même et que souvent les gens les plus proches sont des fourbes et des traîtres des plus dangereux. L'homme est un loup pour l'homme.

Arrivée à son travail, Annie se presse d'aller voir Christian pour lui raconter cette folle histoire avec Sophia, elle a besoin de conseil bienveillant, de soutien. Puis elle se ravise, se disant qu'elle devrait gérer cette situation toute seule pour pouvoir passer à autre chose.

« Tu n'as pas l'air en forme aujourd'hui, tout va bien ?

— Oui, oui, je suis juste un peu fatiguée, je ne dors pas très bien en ce moment, mais tout va bien ne t'inquiètes pas.

— Rejoint moi dans le parking, je vais te faire oublier ça ».

Le regard de Christian en dit long sur ses intentions, Annie n'en demande pas plus pour s'exécuter. Ces moments torrides avec lui sont si intenses, surtout dans ce genre de situation où la sensation de devoir se cacher durant leurs étreintes amplifie leur excitation. Elle se sent comme une adolescente et désirée.

Une fois de retour dans son bureau, Annie voit que Richard lui a envoyé un message.

Je pars en déplacement, je ne sais pas encore quand je rentrerais, je te tiendrais au courant.

« Bon débarras, prends ton temps ! » pense-t-elle tout haut.

« Ce soir c'est les vacances scolaires et il part en déplacement, ce pauvre type ne pense décidément qu'à lui. Espèce de con ! »

Puis ses songes la ramènent aux bons côtés de cette absence :

« Christian n'aura qu'à venir quelques jours à la maison, Adrien sera content… et ça va être torride !

Merde j'oubliais Sophia ! Je vais rentrer plus tôt, il faut que je trouve une solution. »

En rentrant, une bonne odeur flotte dans la cuisine, Sophia a fait mijoter un plat.

« Mais tu ne devais pas sortir de la dépendance ! Il ne faut pas que quelqu'un te voie ! La voiture de Richard est dans la cour ? Ne me dis pas qu'il est ?

— Il est parti en taxi », répondit Sophia d'un ton presque insolent.

« J'me suis dit que je pourrais vous faire un repas pour vous remercier de votre hospitalité, personne m'a vu et je retourne dans la dépendance tout de suite M'dame !

— Il faut absolument éviter ce genre de situation et… mais quelle bonne odeur, tu es vraiment un cuistot hors pair on dirait ! Ça a l'air très bon, Adrien adore les lasagnes en plus. »

Elle, goûte cette sauce exquise, ses papilles se délectent, cette recette est somptueuse !

« Comment te sens tu, ça va mieux ?

— Oui M'dame, j'ai juste besoin d'encore un peu de repos.

— Mon fils va bientôt rentrer, prend toi une part et retournes dans la dépendance s'il te plaît », lui dit-elle en souriant.

« Très bien M'dame, merci pour tout.

— Mais je t'en prie ma chérie, j'essaie de passer te voir plus tard. »

Et elle la prend tendrement dans ses bras. Étrangement elle se retrouve en elle, elle aimerait tellement pouvoir la sortir de toute cette merde ou elle semble enlisée jusqu'au cou.

Quelques minutes plus tard, Christian arrive avec Adrien qu'il a cherché à l'école à la demande de Annie.

« Des lasagnes, mon plat préféré ! Et vive les vacances ! Jack, Jack ! Où es-tu mon petit chien ? »

Adrien court dans sa chambre, jetant son sac au bas de l'escalier.

« Ton sac Adrien ! Et mon câlin s'il te plaît !

— Pardon M'man. »

Il revient sur ses pas et s'exécute.

« On dirait que tu nous as gâtés, ça a l'air somptueux », lui chuchote son amant à l'oreille.

Gênée, Annie s'empresse de dresser la table. Une ambiance étrange s'installe alors lorsque Adrien demande ou est son père.

« De toute façon il n'est jamais là ! Et quand il est là il ne fait pas attention à moi… il ne m'aime pas ça se voit !

— Ne dis pas de bêtise, mon chéri, ton papa t'aime plus que tout au monde, il a du mal à extérioriser ses sentiments c'est tout. Il a beaucoup de travail, ne lui en veut pas, si tu veux après manger on lui téléphone.

— Lui il ne téléphone jamais, je ne vois pas pourquoi nous on devrait l'appeler. Je crois que je le déteste !

— Ne dis pas ça Adrien, viens dans mes bras mon chéri. »

Elle le prend tendrement dans ses bras et le console avec la douceur que seule une mère est capable d'offrir.

Christian d'un regard plein de compassion pose sa main sur son épaule, elle se sent soutenue par lui et cela lui fait énormément de bien. Puis il lance :

« Allez, viens si tu oses, je vais te battre à plate de couture à la console !

— Tu rigoles Tonton tu es nul au jeu de foot je vais t'humilier comme d'habitude ! »

Adrien s'empresse d'aller allumer la console, cette complicité apaise Annie qui au fond se sent tellement triste pour son fils.

Il est tard, Christian et Annie ont bu 2 bouteilles de champagne, ils décident d'aller dans le jacuzzi finir cette soirée.

Sophia observe de loin la scène, sa respiration est rapide, la colère monte en elle, à nouveau elle se mord la lèvre jusqu'à en saigner.

« C'est comme ça qu'elle vient me voir ? Apparemment elle a bien mieux à faire, cette pétasse baise avec tout le monde on dirait ! Qu'elle crève, elle ne mérite pas cette vie ! C'est moi qui devrais être à sa place et avoir tout ça ! Elle ne s'imagine pas la chance qu'elle a ! Je la déteste, cette salope ! J'vais la saigner comme la grosse truie qu'elle est ».

Étrangement, Annie ressent cette colère, cette haine au plus profond d'elle, quelle étrange sensation, elle regarde autour d'elle, c'est une simple impression, se dit-elle.

4
Les vacances

Les premiers jours se passent merveilleusement bien, Sophia reste discrète, Annie et Christian profitent du moindre moment pour se retrouver seuls, un jeu sensuel s'installe afin de trouver la moindre opportunité d'assouvir leurs désirs.

Au bout de quelques jours, Adrien cherche Annie partout :

« Maman ! Maman ! Tu es où ? »

Dans le garage Annie et Christian en plein ébat s'arrêtent brusquement et se rhabillent maladroitement.

« Je suis là, mon chéri, qu'y a-t-il ?

— Je ne trouve pas Jack, ça fait 2 jours que je l'ai pas vu !

— Il n'est pas loin j'en suis sûre, tu te souviens il était déjà parti durant 2 jours, il était revenu tout seul, il adore faire ses petites aventures, il doit être dans la forêt !

— Mais il faut qu'on le retrouve, je m'inquiète ! Tonton vient avec moi le chercher s'il te plaît.

— J'arrive bonhomme, on va mettre la main sur ce coquin de Jack, il ne va pas nous échapper ! »

Annie, sourire aux lèvres, les regarde s'éloigner, plongée dans ses songes, elle regrette soudain le frère qu'elle a choisi pour être le père de son enfant. Et là, il semble que sa décision soit prise, cette simple scène de la vie quotidienne est décisive, dès qu'il rentrera, elle quittera Richard. Elle ne dépend pas de lui financièrement, il ne lui apporte aucun amour, aucune affection. Au contraire il la dédaigne, la rabaisse constamment. Adrien le voit tellement rarement que ça ne lui changera pas grand-chose finalement.

« La maison m'appartient, mais pourquoi je m'emmerde dans cette situation, j'ai bien mieux à vivre, c'est décidé, je quitte ce gros porc dès qu'il rentre ! »

Plus tard, Annie va voir Sophia.

« Je l'ai vu ce matin à la lisière de la forêt courir après un lapin.

— Sophia ? Mais de qui tu parles ?

— De Jack, j'étais juste la Annie, dans la buanderie je cherchais à boire pour le repas de ce soir. »

Annie est médusée, les a-t-elle vus ?

« Je t'ai demandé de ne pas sortir quand il y a du monde dans la maison !

— Il m'arrive de m'aventurer en dehors de la dépendance, mais rassurez-vous je suis très discrète.

— Il faut absolument que tu évites ce genre de chose ! Cela ne doit plus se reproduire Sophia, promets-le-moi !

— Très bien Annie, veuillez m'excuser. »

Une légère tension s'est installée, Annie est contrariée et Sophia semble blessée. Ce soir c'est sur ce malentendu qu'elles se laissent, sans mot dire, Annie s'en va.

Le lendemain, Annie est réveillée par un bruit étrange, comme si quelqu'un était en train de se débattre dans, dans la piscine ! Adrien ! Il est tant bien que mal en train de lutter contre une noyade certaine si personne ne le sauve.

« Il ne sait pas nager ! Adrien, tiens bon j'arrive ! Tiens bon mon chéri ! »

Annie s'empresse, paniquée, tremblante de tout son corps, elle se précipite vers la piscine qui s'est transformée en piège mortel pour son petit garçon.

Elle se jette à l'eau, la légendaire force d'une mère pour son enfant, elle le sort de la piscine à temps, le petit garçon aurait pu mourir. En sanglot, Annie prend son enfant dans ses bras.

« Mais pourquoi es-tu allé dans l'eau, tu ne sais pas nager ! Pourquoi ?

— C'est d'ma faute M'dame » Sophia, inexpressive se tient juste là.

« Il m'a dit qu'il savait nager, il voulait absolument…

— Tu n'avais pas à le laisser ! Il aurait pu mourir ! Tu n'as pas à prendre ce genre de décision ! J'en ai assez !

— Pardon Annie je ne savais pas, vraiment.

— Cette fois c'est de trop ! Tu as 2 jours, après quoi tu dois trouver une solution et t'en aller ! Et c'est Madame ! Pas Annie ! c'est Madame !

— Ou… oui M'dame pardon, veuillez me pardonner.

— Mais à qui parles-tu maman ? Je te demande pardon, c'est vrai que je ne sais toujours pas nager… mais je voulais m'entraîner et tu m'as dit que…

— À personne mon ange, personne. Ne fait plus jamais ça, jamais ! Je ne m'en remettrais pas s'il devait t'arriver quelque chose !

— Mais tu m'avais dit que…

— Ne refais plus jamais ça je te dis ! »

Elle câline son enfant durant des minutes interminables.

« Maman tu me fais mal, tu me serres de trop, maman !

— Pardon mon chéri, je vais te couler un bain et te faire des crêpes, je t'aime mon ange. »

Quelques heures plus tard :

« Adrien se repose, il est sous le choc, mais il va bien. »

Christian qui était allé faire des courses tente de rassurer Annie.

« Il aura pu mourir, je n'arrive pas à m'en remettre.

— Demain j'irai au parc avec lui, ça lui changera les idées, tu auras l'occasion de te reposer un peu, tu sembles tendu. Il faut mettre des barrières afin qu'il ne puisse plus accéder à la piscine, c'est très dangereux, ce n'est qu'un enfant et il n'en a pas conscience.

— Tu as raison. Et Richard qui est sur messagerie, il ne cherche même pas à prendre de nos nouvelles, je suis sûre qu'il est avec une autre en ce moment même, cet enfoiré ne s'imagine même pas ce que nous sommes en train de vivre, je vais demander le divorce, c'est décidé.

— Tu en es sûre ? C'est vrai qu'il ne te mérite pas, viens par ici ».

Il la prend tendrement dans ses bras afin de la réconforter :

« Tu es étrange ces derniers temps, que vas-tu faire dans cette dépendance ? Adrien s'inquiète aussi pour toi, tu sembles ailleurs par moment, il dit que tu parles toute seule parfois.

— Euh, c'est une période assez particulière, la pression du travail et Richard, cette fois c'est décidé, je vais le quitter, je n'en peux plus de lui, il me dégoûte et me rabaisse constamment. Et disons que j'ai besoin d'être un peu seule parfois, cela fait bientôt 20 ans que mon père est mort et que je suis allé vivre dans ce maudit foyer et parfois je dois penser à haute voix sans y faire attention. »

Une nouvelle fois Sophia espionne sournoisement la scène, elle a tout entendu.

5
Le départ

Le lendemain matin, lors de son réveil, sur la table de la salle à manger, Annie trouve un mot posé avec une rose juste à côté.

« Nous sommes allés au parc, tu dormais tellement profondément qu'on n'a pas voulu te réveiller, nous irons manger et voir un match cet après-midi. Ne t'inquiète pas et occupe-toi un peu de toi, repose-toi. Nous serons de retour en fin d'après-midi. »

À ce moment, Annie cherche une solution. Puis elle se dit qu'elle va finalement appeler les services sociaux pour qu'ils prennent en charge Sophia.

« Après tout, j'ai grandi dans un foyer et je n'en suis pas morte ! Peu importe, il est temps qu'elle dégage, trop c'est trop ! »

Lorsqu'elle se rend à la dépendance, tout est saccagé, pas de Sophia, des coups de couteau ont été mis dans le sofa, contre les murs, tout est renversé, la vaisselle brisée. Dans la chambre à coucher, des inscriptions sur les murs :

Je la tuerai / Je les tuerai tous / Maudits soient-ils / Annie / ~~Richard~~ / Ce maudit vieux / Christian / Adrien / Sophia.

Annie est sous le choc. « Mais où est-elle ? Sophia ! Sophia ! Mais qu'est-ce que c'est que ce bordel, elle est complètement folle merde ! Il faut que je prévienne Christian, Adrien ! Pourvu qu'ils aillent bien ! »

Totalement paniquée, elle prend le téléphone et appelle Christian.

« Allo oui ?

— Christian c'est moi ! Tout va bien ? Rentrez s'il vous plaît, rentrez tout de suite !

— Mais pourquoi ? Que se passe-t-il ? Ça va ?

— Non ça ne va pas ! Il faut que tu rentres maintenant ! Adrien va bien ? Il est avec toi ?

— Bien sûr, il est juste là, tout va bien. Mais que se passe-t-il ?

— Je t'expliquerai quand vous serez rentrés, viens et dépêche-toi !

— Tu m'inquiètes, calme-toi, OK on arrive tout de suite. »

À peine arrivés, Annie s'empresse de prendre son fils dans ses bras et de le serrer contre elle :

« Tu me fais mal maman !

— Pardon, mon chéri, je t'aime tellement, tu sais.

— Moi aussi maman, mais pourquoi on est rentré ?

— Je ne survivrais pas s'il devait t'arriver quelque chose. Tu as tellement grandi, mon chéri.

— Ça va maman, t'es sûre ?

— Oui mon cœur, file dans ta chambre, il faut que je parle à tonton. »

Elle explique tout à Christian, elle le ramène dans la dépendance, il n'ose pas y croire.

« Elle est complètement folle, il faut qu'on appelle les flics, tout de suite !

« Pourquoi le nom de Richard est barré ?

— Je n'y avais même pas fait attention, appelle-le s'il te plaît, je téléphone à la police !

— Pas de réponse, il est sur répondeur !

C'est Christian, rappelle-moi dès que tu reçois ce message, c'est très important. »

La police locale arrive sur les lieux, 3 agents s'approchent alors, cherchant à peine à comprendre la situation.

« La fille de chez les Dédin vous dites ? Mais ils n'ont pas de fille ! Vous devez vous tromper, ce vieux fou à 2 fils et je n'aimerai pas être à leurs places d'ailleurs…

— Mais si, c'est sûr ! Elle s'appelle Sophia, il la maltraite et la viole. Une petite brune de 1 mètre 50 environ, très frêle, elle doit avoir 16 ou 17 ans tout au plus ! Il a dû la cacher toutes ces années, ce n'est pas possible ! Il y a 6 mois déjà je l'avais ramené chez elle ! Elle titubait sur la grande route, ce vieux fou m'avait alors insulté et menacé ! Et il y a environ trois semaines, elle est arrivée à la lisière de la forêt, elle était dans un état lamentable. Elle m'a demandé de la cacher ici pendant quelque temps. Je ne pouvais pas la laisser, je l'ai alors caché dans la dépendance et je l'ai soigné. Quelque temps après elle a disjoncté, elle sentait que je voulais en finir, j'étais sur le point d'appeler les services sociaux pour qu'ils la prennent en charge. Vous voyez bien l'état de la dépendance, je ne suis pas folle !

— Calme-toi Annie. » Christian intervient.

« Allez donc vérifier chez les Dédin !

— Je ne dis pas que vous êtes folle Madame, je dis juste que nous connaissons bien cette famille, c'est la seule famille dans le secteur qui nous pose autant de problèmes et il est clair qu'ils n'ont pas de fille. Impossible pour nous de vérifier à l'intérieur sans mandat, vous l'imaginez bien. Mais nous allons les voir, mon collègue va jeter rapidement un œil ici, il va ensuite prendre votre déposition pour une plainte contre X dans un premier temps.

— Rapidement ? Contre X ? Mais je vous dis que c'est Sophia Dédin !

— Temps que je ne peux pas le prouver, ni son existence d'ailleurs, ça sera une plainte contre X. Nous allons quand même vérifier chez eux. Je vous tiens au courant dès demain, en attendant nous passerons faire une ronde pour vérifier que tout va bien cette nuit et demain matin. Au revoir Madame ».

Les policiers ne semblent pas prendre cette affaire bien au sérieux. Ils ne semblent d'ailleurs pas très impliqués dans leur métier. Annie les observe s'en aller.

« Mais quelle bande de débile, ce n'est pas possible ! Il leur faut quoi de plus ?

— Calme-toi, ça va aller, je suis sûre qu'ils vont faire ce qu'il faut et qu'ils vont la retrouver. Allé viens on rentre, Adrien doit s'inquiéter de voir tout ce mouvement.

— Tu as raison, il doit être effrayé mon petit bout de chou… »

6
Les Dédin

Les Dédin sont une famille qui habite cette ferme depuis plusieurs générations. Un endroit glauque ou nul n'oserait s'aventurer, au bout de ce chemin escarpé, suspendu à un portail ballant impossible à fermer, un panneau sommairement découpé dans une ferraille rouillée ou il est inscrit au pinceau avec de la peinture rouge :

PROPRIÉTÉ PRIVÉE À VOS RISQUES ET PÉRILS.

Ce chemin caillouteux laisse apparaître un hangar qui semble désaffecté, un cimetière de vieilles carcasses de voiture en bloc en partie l'accès. Un gros 4x4 Mitsubishi qui doit avoir une bonne trentaine d'années semble être la voiture du père. Sur la gauche, une grange dont les planches restantes sont de travers laissant entrevoir une porcherie. Une grosse chaîne verrouille les deux grandes portes dans lesquelles une trappe laisse aller et venir une meute de chiens totalement déchaînée. Une puanteur indescriptible s'en échappe.

Accolée à la grange, la maison familiale est totalement délabrée, des vitres sont fissurées et les volets sont décrochés pour la plupart. Un paysage apocalyptique, qui peut s'imaginer que des êtres humains vivent dans ce dédale d'ordures au milieu des rats et des cafards ? Les Dédin ne sont sûrement pas des gens comme les autres, bien au contraire ils sont en marge de la société.

Traité de consanguins, les enfants n'ont jamais été scolarisés, maltraités et abusés, impossible de savoir ce qui peut se tramer dans leurs têtes de psychopathes. Les 2 fils de 20 et 15 ans sont des voleurs multirécidivistes. Le travail à la ferme les a rendus forts, leur père les a rendus dures, ils sont totalement niais et asservis.

Le plus grand, David Junior, est schizophrène, il a fait de la prison pour vol avec agression. Chaque fois qu'il va dans la ville, cela finit mal. Bagarres, vols, dégradations. Les gens changent de trottoir lorsqu'ils le croisent. Il est très robuste et trapu, imprévisible et effrayant. Il est d'une laideur qui n'a d'égale que l'odeur pestilentielle qu'il dégage, preuve d'un manque d'hygiène total. Ses dents sont semblables à un cimetière rempli de pierres tombales ballantes.

Les viols qu'il a pu commettre sont restés impunis tant les victimes étaient traumatisées par ces moments passés entre les mains de ce pervers sadique. Aucune plainte tellement elles redoutaient des représailles certaines. Marquées à vie, certaines se sont jetées sous un train ou défenestrées.

Son petit frère, Marc, quant à lui, a été jugé pour agression aggravée et tentative de viol sur personne vulnérable, une octogénaire. Cette pauvre dame fut portée disparue quelque temps après sa plainte, tout le monde pense savoir ce qui lui est arrivé, mais jamais la lumière ne fut pas faite sur sa disparition. Des porcs affamés dévorent un corps humain totalement et rapidement, seules les dents ne sont pas digérées et traînent sûrement encore dans la porcherie des Dédin, voilà le seul épilogue possible, voici ce qui se dit dans le coin.

En tant que mineur, il n'a pas eu de peine de prison. Contrairement à son frère, il avait un physique plutôt agréable, mais bien compensé par ses vis et sa perversité narcissique. Son truc à lui, le voyeurisme, souvent surpris à observer les gens par la fenêtre de leurs maisons, il a assisté à la plupart des viols commis par son frère en se masturbant et se finissant sur le visage de la victime.

Ils torturent régulièrement des animaux et semblent complètement dérangés, de vrais dangers publics qui hantent les rues de la ville même quand ils n'y sont pas.

La mère est surnommée « la sorcière » à cause de son apparence disgracieuse. Cette pauvre femme est en réalité la larbine de cette famille. Il est clair qu'elle a vécu le pire, elle a fait plusieurs fausses couches dues aux nombreux coups infligés par son mari durant ses grossesses. Elle semble tellement fragile qu'une simple brise pourrait la faire vaciller. Des cheveux gras grisonnants, un visage marqué et un regard apeuré. L'inceste fait partie intégrante de leur mode de vie. Elle n'a connu que la violence et la soumission imposée par son mari.

Le père, David Dédin, a fait plusieurs peines de prison, un total de 15 ans pour de multiples raisons. Il avait tabassé son banquier le laissant presque mort lors d'un problème financier que celui-ci ne pouvait pas régler. Totalement enragé, il a violé la femme du banquier en la laissant dans un état lamentable, en sang avec des côtes cassées.

Alcoolique, il frappe sa femme et ses enfants depuis toujours, un simple mode de vie, son emprise sur eux fait de lui le patriarche d'une famille totalement marginale. Vivant reclus dans cette ferme délabrée, une odeur de nausée à bonde d'excréments d'animaux empeste les alentours. Il est chasseur et sans foi ni lois, il tire à vue lorsqu'il se met en chasse dès qu'il est dans la forêt. Mieux vaut ne pas être dans le secteur, comme ces jeunes qui campaient, l'un d'entre eux fût abattu par accident. Les deux autres ont alors été exécutés. Le vieux avait dit à ses fils de les dépouiller, brûler leurs affaires avant de jeter leurs cadavres aux porcs. La police locale ne les a pas recherchés bien longtemps, tout le monde pense savoir ce qu'il a pu leur arriver, mais faute de preuve et étant majeurs, l'affaire fut rapidement classée sans suite.

Personne ne leur adresse la parole et les gens les évitent comme la peste, même les services sociaux ne se sont jamais penchés sur ces enfants déscolarisés et maltraités.

Sophia vit dans l'ombre de cette famille, nul ne connaît son existence, Annie est sûrement la seule personne ayant pu la voir. Un mystère à elle toute seule.

Les policiers appréhendent l'idée d'aller chercher des explications chez le vieux.

« On ne sait jamais comment ça va se finir une avec lui. Il ne parle pas, il hurle constamment. Il est complètement débile ce mec.

— Une fille dans cette famille de timbrées ? J'espère vraiment que ce n'est pas le cas !

— Tu t'imagines un peu ? Un véritable enfer pour elle ! »

Arrivé sur place, une dizaine de chiens aboient, grognent et courent dans tous les sens, bergers allemands, Doberman et Beagle pour la chasse, une meute prête à bondir sur tout ce qui bouge. Ils se battent entre eux, toute cette bave qui coule de leurs gueules donne l'impression qu'ils sont tous enragés.

Les policiers n'osent pas sortir de la voiture.

« Vos gueules ! Dégagez sales clébards ! »

Les chiens traumatisés par ce hurlement rentrent dans la grange, leurs pleurs témoignent de la terreur que cette voie provoque chez eux.

Fusils à la main, David Dédin complètement saoul sort de la maison en titubant.

« Qu'est-ce que vous foutez là les poulets ? Qu'est-ce qu'ils ont encore branlé ces 2 idiots ? Je vais les tuer cette fois ! Junior vient par ici ! t'as foutu quoi encore sale débile ?

— Non, calme-toi Dédin, ils n'ont rien fait !

— Tu veux quoi alors ? Y a rien pour toi ici ! Dégage avant que j'te lâche les clébards !

— J'ai juste quelques questions à te poser, ça ne sera pas long, c'est au sujet de Sophia.

— De qui ? J'connais pas de Sophia ! Foutez-moi l'camp d'ici ! Sinon j'vous tire dessus j'm'en branle moi !

— La voisine dit qu'elle l'a vue, elle l'a même ramené chez toi il y a quelques mois de ça.

— Cette débile de bourgeoise ? Elle a débarqué ici en hurlant comme folle ! Elle était seule et racontait n'importe quoi, j'ai rien compris ! Un peu plus j'lui lâchais les chiens ! Elle est partie comme elle est venue cette débile, qu'elle crève d'une mort lente et douloureuse avec tout son fric ! Dégage maintenant j'ai pas que ça à foutre et ne mettez plus les pieds ici sans quoi j'vous tire dessus sale poulet ! »

Sans se faire prier, les policiers font demi-tour.

« Tu crois qu'il dit vrai ?

— Franchement, je m'en fous, il est complètement fêlé et trop dangereux ce type et je ne vais sûrement pas insister…

— Ça, c'est clair. »

D'un rire nerveux, les 2 policiers retournent vers le commissariat.

L'affaire sera classée sans suite.

7
Richard

Avec cette histoire Annie n'arrive plus à dormir, cela fait 15 jours maintenant que Richard ne donne aucun signe de vie, elle se décide donc enfin à téléphoner à son patron.

« Comment ça ? Pas venus depuis 2 semaines ? Mais il est en déplacement, il me l'a dit !

Comment ça pas de nouvelle de lui ? Mais ce n'est pas possible ! Il doit y avoir une erreur.

Oui, merci, vous aussi et s'il vous joint dite lui de m'appeler s'il vous plaît, c'est très important. Bonne journée. »

Abasourdie, elle repense d'un coup au nom de Richard barré sur le mur.

« Impossible, il n'est pas… Non, il doit y avoir une explication, ce n'est pas possible ! »

Elle saisit son téléphone.

« Allo, oui bonjour, c'est Madame Stil à l'appareil, j'appelle pour vous signaler une disparition.

Mon mari Richard, euh 15 jours, mais comment ça ? Départ volontaire ? Mais non, il ne nous aurait pas laissé comme ça sans… Je comprends oui, mais, euh… OK, au revoir !

Mais quelle bande d'enfoirés, ces flics ! »

Elle décide de rappeler Christian qui a depuis repris le travail.

« Lui aussi il est sur messagerie ? Putain je ne peux vraiment compter sur personne !

S'il te plaît, rappelle-moi, je m'inquiète vraiment pour Richard, son nom était barré sur le mur, et si, s'il était ! Rappelle-moi s'il te plaît, je n'en peux plus ! »

Annie s'approche doucement de la fenêtre, elle aperçoit Sophia au loin, elle l'observe avec un sourire digne d'une psychopathe, puis elle désigne une direction du doigt et disparaît dans la forêt.

« Je ne suis pas folle ! Cette fois tu ne m'échapperas pas ! »

Dans un sursaut de colère, Annie s'empare d'un couteau dans la cuisine et se lance à la poursuite de Sophia.

Mais elle est sûrement déjà loin. Elle tourne sa tête du côté désigné par Sophia, et là…

« Non Jack ! »

Sur un arbre, pendu et lacéré, le petit Jack Russel est en train de pourrir. Une odeur pestilentielle s'en échappe. Annie en vomi, elle a l'impression d'y laisser ses entrailles.

« Non ! Non ! Mon petit Jack ! Non ! Mais qu'as-tu fait maman ? Pourquoi tu lui as fait ça ? Mon pauvre petit Jack. Non ! »

Adrien qui arrive en courant s'effondre devant ce spectacle barbare.

« Mais rien du tout mon chéri, je ne lui ai rien fait, viens par ici mon ange.

— Mais qui a pu lui faire ça et pourquoi ? Il ne faisait de mal à personne, il était tellement gentil ! Jack, non… »

Le petit reste inconsolable et traumatisé par la scène qu'il vient de voir.

Le téléphone sonne, c'est Christian, enfin quelqu'un sur qui se reposer.

Il s'empresse de venir après avoir entendu ce récit horrible.

« La police ne nous croira jamais, ils sont totalement incompétents dans ce bled pourri !

— Il faut quand même les appeler, c'est vraiment trop dangereux ! Peut-être devriez-vous venir quelques jours chez moi avec Adrien ? Ça te changera les idées et vous serez en sécurité chez moi.

— Tu as raison, cherche Adrien, j'attends la police et je vous rejoins. »

Arrivé sur place, le policier consent que la situation devienne dangereuse.

« Le nom de mon mari était barré sur le mur, Monsieur l'agent ! Ça veut dire quoi ? Je crains qu'il lui soit arrivé quelque chose !

— Retournons voir ça, Madame. »

Il semble que le sergent a cette fois pris la mesure de cette affaire et la tournure tragique que ces évènements peuvent prendre.

Christian les rejoint, laissant Adrien dans la voiture.

« Ne bouge pas mon garçon j'arrive dans 2 minutes.

— Mais explique-moi ! Pourquoi la police est là ? Qui a fait ça à Jack ?

— C'est compliqué mon garçon, maman t'expliquera tout, attends-nous dans la voiture. »

Arrivés dans la dépendance, une odeur forte imprègne les lieux et s'empare violemment de leurs nez. Mélange entre putréfaction et moisissure. Annie se rappelle soudain cette sensation unique de sentir la mort, elle sait tout de suite, elle connaît cette nuance olfactive. Elle ne peut que savoir, ayant elle-même été dans son appartement pendant 2 jours avec le cadavre de son père qui pourrissaient alors qu'elle n'avait que

12 ans, un flash affreux qu'elle avait oublié et qui soudain refait son apparition.

Aussitôt le policier les repousse, il appelle ses hommes pour investir les lieux. Tous ont du mal à se contenir et à ne pas vomir face à toutes ces mouches qui agressivement volent dans tous les sens, comme si à elles seules elles pouvaient remuer l'air et cette odeur atroce.

Sur le mur on ne peut qu'observer les traces de couteaux et les mots écrits :

Je la tuerai / Je les tuerai tous / Maudits soient-ils / Annie / ~~Richard~~ / Ce maudit vieux / Christian / Adrien / Sophia.

« R.A.S, R.A.S, personne.

— BAHH c'est dégueulasse ! Chef ! Dans la buanderie ! »

Au fond de la buanderie devant le placard à balais, un cadavre emballé sommairement dans du film plastique c'est fracassé au sol quand le sergent en a ouvert la porte.

C'est Richard qui pourrissait telle de la viande avariée. Cet homme arrogant qui se pensait intouchable et bien supérieur aux autres avait fini là d'une bien triste manière.

« Ne touchez à rien ! »

Le Capitaine sèchement pointa du doigt ses hommes un à un de manière autoritaire. Son attitude nonchalante a fait place au flic qu'il est censé être :

« Vous deux, allez éloigner les civiles et dressez un périmètre de sécurité, personne ne rentre et personne ne sort sans que je sois mis au courant.

— Oui chef !

— Toi, appelle le central et dis-leur de faire venir la criminelle. Qu'ils envoient Pavot.

Personne ne touche à rien avant qu'ils n'arrivent. »

Puis il sort de la dépendance et s'approche de Annie et de Christian :

« Rentrez chez vous, vous êtes assignés à résidence jusqu'à l'arrivée de la brigade criminelle. Ceci est une scène de crime.

— Quoi de crime ! Mais qu'avez-vous trouvé ? Ce n'est pas possible ! Richard ! Non ! »

Christian d'une voix tremblante montre rapidement ses limites dans une situation pareil.

« Mais j'allais partir avec le petit…

— Vous restez ici avec le petit et Madame !

— Oui, oui, d'accord », dit-il en sanglotant.

Annie se surprend à avoir un agacement intense à son égard. « Un homme ça ! Regarde-le chialer comme une gamine ! » une voix envoûtante dans sa tête. Elle reprend ses esprits, mais elle n'exprime aucune crainte et semble soudain tellement impassible face à l'horreur de la situation.

8
L'inspecteur Pavot

Quelques heures plus tard, sous une pluie battante, un homme se présente devant la porte.

« Bonjour, je suis l'inspecteur Antoine Pavot. »

L'inspecteur Pavot est un homme élégant d'une cinquantaine d'années, très charismatique, il dégage une impression de maîtrise totale de soi-même et de sérénité. Il correspond au stéréotype même de l'inspecteur de la criminelle, tout droit sortie d'une série digne de Derick. Il est coiffé d'un borsalino semblable aux mafiosos des années cinquante laissant deviner ses cheveux poivrés sel, d'un costar fait sur mesure et de chaussures impeccablement cirées. Les traits sur son visage sont le signe d'une expérience de vie dure.

C'est un flic intransigeant, chaque affaire sur laquelle il fut mandaté a été résolue. Certaines au bout de plusieurs années. Son doctorat en psychologie comportementale et son expérience font de lui un profiler méthodique et impartial.

Chaque situation, chaque mot, chaque signe sont analysés dans le détail, rien ne lui échappe. Son enquête la plus significative ? Une série de meurtres d'une barbarie rare de 13 personnes violemment assassinées.

La tueuse droguait ses victimes, des hommes qui pensaient finaliser une séance de sexe extrême et qui finissaient étripés. Elle mangeait leurs cœurs en pensant qu'ils renfermaient leurs âmes. La presse l'avait surnommée « La sorcière cannibale ».

Elle était étroitement liée à l'enquête puisqu'elle n'était autre que la procureure de la République gérant l'affaire. D'une intelligence rare, elle s'est fait piéger par Pavot sur un simple malentendu, un sous-entendu de l'inspecteur qui qualifiait les actes de la sorcière par des sacrifices sataniques. C'est la réaction de Clara qui l'avait mise à jour aux yeux de Pavot. Tous les deux ont su ce jour-là que l'autre savait.

« Madame Stil, je présume.

— Bonjour inspecteur, oui Annie Stil, ravie de vous rencontrer. Entrée, je vous en prie.

Puis je vous offrir quelque chose à boire ?

— Non, ça ira merci », dit-il sèchement.

L'inspecteur était un homme très méfiant, son expérience lui avait appris que chaque personne était un suspect potentiel et que dans certaines affaires le danger pouvait surgir de partout, « même d'un simple café » semblait lui murmurer Clara la sorcière cannibale dans le creux de l'oreille.

Annie se sent mal à l'aise face à cet individu, il semble tellement froid, son regard est si suspicieux.

« Allons nous entretenir seuls s'il vous plaît.

— Oui, par ici dans la cuisine nous serons tranquilles.

— J'ai eu un rapport de la police, il est vide de sens. Que s'est-il passé ?

— Mon mari Richard a…

— Non, je veux connaître tout depuis le début, qui est cette Sophia ? »

Pavot reste inexpressif, lors de disparition, les proches sont les premiers suspects, infidélité, héritage, violences conjugales…

« Quelles sont vos relations avec votre beau-frère ?

— Euh… normales, je veux dire que…

— Vous couchez ensemble depuis combien de temps ?

— Mais non ce n'est pas ce que vous croyez, nous avons…

— Ne me prenez pas pour un imbécile ! Cela nous évitera de perdre un temps précieux. De toute façon je découvrirai la vérité quoi qu'il arrive.

Annie se résigne et raconte en toute transparence, le père Dédin, la première rencontre avec Sophia, ses ébats avec Christian, ses problèmes avec Richard, l'arrivée de Sophia jusqu'à son départ. Les noms sur les murs de la dépendance, le chien et…

L'inspecteur reste toujours aussi impassible.

« Je vais devoir m'entretenir avec votre beau-frère ainsi qu'avec votre fils si vous me le permettez.

— Adrien ? Mais pourquoi ? Il n'a rien à voir avec tout ça, ça va déjà l'anéantir de savoir que son père est mort ! »

D'un air suspicieux, Pavot lance soudain :

« Vous ne vous entendiez plus avec votre mari. Avait-il une assurance vie ?

— Je suppose oui, j'avoue que je ne sais pas du tout, peu importe qu'est-ce que vous insinuez !

— Toutes les pistes sont à explorer. Mon équipe va relever les empreintes et investiguer sur les indices laissés par cette Sophia que personne d'autre que vous n'a vue, c'est bien ça ?

— Tout à fait, ne me prenez pas pour une folle ! Et cela ne fait aucun doute, elle est retournée à la ferme, j'en suis sûre !

— Comment pouvez-vous en être si sûre ? Quand avez-vous nettoyé cet endroit ?

— Nous avons rangé rapidement la semaine dernière, mais il n'y avait pas cette odeur. Je ne sais pas où vous avez retrouvé son corps, mais nous avions fait le tour, il n'y était pas à ce moment-là, je l'aurai forcément vu.

— Nous dites-vous ? Christian et vous, je suppose ? Qui me dit que tout cela n'est pas qu'une mascarade afin de camoufler le fait d'avoir éliminé votre mari afin de toucher le pactole ? Et de vivre enfin votre idylle au grand jour ?

— Vous délirez totalement ! Je ne ferai jamais de mal à Richard, ne serait-ce que pour Adrien, il aime son père et ce serait cruel de l'en priver ! Puis je suis incapable de faire cela !

— L'avenir nous le dira. Je dois y aller, à bientôt, madame Stil, je ne manquerai pas de revenir pour m'entretenir avec votre fils et bien entendu vous tenir au courant de l'avancement de l'enquête. Et si quelque chose vous revient, n'hésitez pas à me contacter, même des détails qui peuvent sembler futiles font parfois la différence. J'aurai sûrement besoin de me réentretenir avec vous prochainement.

— Soit, au revoir à bientôt. »

Annie observe ce personnage charismatique s'en aller, elle se sent perturbée par cet échange.

« Quel imbécile celui-ci ! » marmonne-t-elle en claquant la porte.

« C'est plutôt une bonne nouvelle que quelqu'un de compétent s'intéresse à nous, ce ne sont sûrement pas ces clowns de flics locaux qui vont résoudre cette affaire !

— Oui tu as raison, mais je ne le sens pas, vraiment, il était suspicieux, comme si j'étais coupable de la mort de Richard !

— C’est son job tu sais, je suis sûr qu’il va mettre la main sur Sophia. Ça va aller ? Allons chez moi comme prévu.

— Non, je veux rester ici finalement, j’ai une affreuse migraine, prend Adrien avec toi, ça lui fera du bien. J’ai besoin de rester seule.

— D’accord comme tu veux, mais je ne suis pas sûre que rester seule soit une bonne solution.

— Ça va aller, elle ne me fait pas peur tu sais et c’est chez moi ici, je ne vais pas me faire chasser par une petite débile, aussi dangereuse soit-elle ! » Sèchement Annie est intransigeante.

Christian parti, elle décide de s’ouvrir une bouteille de vin, qu’elle va rapidement vider. Elle a pu observer par la fenêtre que l’inspecteur et Christian se sont entretenus une bonne dizaine de minutes.

« Que lui a-t-il dit ce lâche ? »

Arrivé au commissariat, Pavot s’installe dans le bureau du sergent.

« Quel bordel, pourtant ils ne croulent pas sous le travail par ici ! pff… »

Un cendrier plein de mégots, des tasses sales et de la paperasse entreposée, la poussière qui recouvre la plupart de ces dossiers donne une idée du temps depuis lequel ils sont posés là et de l’importance que l’on accorde aux affaires dans ce commissariat. Une forte odeur de renfermée, l’inspecteur ouvre la fenêtre et lance :

« Comment vous faites pour bosser dans un endroit pareil ! »

En fait c’est la première fois que ce service a à s’occuper d’une affaire pareille, aucun cadavre n’a jamais été découvert dans cet endroit plutôt calme de quelques milliers d’habitants, les disparitions imputées aux Dédin sont restées sans suite, par peur, par facilité, par incompétence.

« Un café ! Et sortez-moi les actes de naissance des Dédin, je veux tout savoir sur cette famille de malades. Appelez le procureur, il me faut un mandat pour perquisitionner chez eux et chez les Stil, Annie ainsi que Christian. Nous irons également sur les lieux de leur travail. Et leurs téléphones, mettez-les sur écoute, je veux tout avoir sur l'historique de leurs conversations.

Où en est le légiste avec le corps de M. Stil ? Et vos hommes ont-ils puent relever des empreintes ?

— Tout de suite inspecteur, toi va faire un café et toi occupe-toi des Dédin. Je vais appeler le procureur, mais il est tard et…

— Pas de temps à perdre, exécutez-vous !

— Très bien monsieur, concernant Richard Stil, il a eu une mort violente et il semble qu'il a été mutilé. Mais le rapport n'est pas encore tombé. Pour l'investigation, le problème c'est que… en fait nous n'avons pas très bien préservé la scène de crime et la plupart des empreintes sont les nôtres… donc euh…

— Mais quelle bande d'incapables, qui m'a foutu une équipe pareille !

— Vraiment désolé inspecteur.

— Bon, peu importe, ce qui est fait est fait. Il me faut un maximum d'infos sur madame Stil, sur son enfance, ses études, sa rencontre avec son mari, je veux tout savoir. »

Depuis son expérience dans l'affaire de la sorcière cannibale, Pavot se fait violence pour résoudre toutes les affaires sur lesquelles il est mandaté, il ne se laissera plus avoir par plus vicieux que lui, il ne sera plus jamais dupe.

Cette affaire sera sûrement la dernière de sa carrière sur le terrain, il a reçu une offre de promotion comme procureur de la

République, comme Clara, il ramène tout à elle, comme envoûté.

Il a sacrifié sa vie pour ce métier, divorcé deux fois, il n'a pas d'enfant et mène une vie de célibat bien triste finalement. Il est temps de souffler un peu et de passer à autre chose. D'avoir une routine plus tranquille, loin des cadavres, derrière un bureau jusqu'à sa retraite. Il voyagera, lui qui n'a jamais pris de vacances, lui qui s'est voué corps et âme à rendre la justice. Ses médailles, il ne les emmènera pas avec lui outre-tombe.

9
Clara

Aussi incroyable que ça ne puisse paraître, Clara Veneficus est capable du pire. Elle qui représente la justice, la loi et la droiture, est en fait une criminelle à la personnalité complexe et d'une intelligence bien au-dessus de la moyenne. Ce n'est pas une psychopathe, elle ne souffre pas d'une schizophrénie quelconque ou de quelque trouble que ce soit, non. Clara est très lucide, méthodique et calculatrice. Qui peut prétendre savoir combien d'âmes elle a « capturé » dans son périple meurtrier. Qui même peut prétendre connaître un seul trait de sa personnalité ? Il est évident que Pavot est le seul qui a su en percer quelques miettes.

Le journal qu'elle tenait était glaçant, les enquêteurs qui étaient persuadés que la piste de sacrifices satanistes était évidente, ne pouvaient pas s'imaginer à quel point ils étaient loin de la vérité. Lorsque Pavot a été désigné pour cette affaire, quelque chose ne collait pas, il reprit l'enquête à zéro, à partir de ce premier cadavre découvert 10 ans auparavant. Était-ce vraiment le premier ? Nul ne le sera jamais.

Retrouvé dans une chambre d'hôtel nu et bâillonné, pieds et poings liés aux barreaux du lit, cet homme d'une quarantaine d'années avait été incisé et recousu de manière chirurgicale. Sa poitrine présentait deux entailles avec plusieurs dizaines de points de suture. Le médecin légiste a vite remarqué que son cœur n'était plus dans sa cage thoracique. Il n'y a pas de trace de lutte et à part dans le lit, pas la moindre goutte de sang, le meurtrier devait avoir un sang froid extrême ainsi qu'une grande maîtrise de ce genre d'opération. Une pratique précise que seule une personne aguerrie serait capable d'accomplir. La victime a sûrement été attachée de son plein gré. Cette séance de sexe s'est très mal finie pour lui. La brigade criminelle n'avait pas trouvé la moindre empreinte, pas la moindre souche d'ADN exploitable. Le seul indice laissé sur place était un cheveu certes, mais synthétique, celui d'une perruque blond platine.

Les autres meurtres avaient le même mode opératoire et les mêmes conclusions s'offraient à lui, aucune preuve. Pavot avait beau retourner cette affaire dans tous les sens, il semble que le meurtrier ait commis des crimes parfaits. Il se taraudait l'esprit.

« Parfait, ça n'existe pas, il a sûrement dû commettre une erreur, aussi infime soit-elle. »

Mais rien n'y fait. Ces dix meurtres en dix ans ont parfaitement été orchestrés par une personne machiavélique qui a prévu les moindres détails de ses crimes. Il est évident qu'il frappera encore, le seul espoir est qu'il commette enfin une erreur, qu'il ou elle laisse enfin une trace afin de remonter jusqu'à lui.

Trafic d'organe ? Rites sataniques ? Tueurs en série ? Toutes les hypothèses restent plausibles à ce stade de l'enquête.

Trois années ont passé et trois nouvelles victimes ont été retrouvées. La procureure en charge de cette affaire applique une lourde pression sur les services de police.

Une sorte de complicité étrange liait Clara à l'inspecteur Pavot. Entre relation professionnelle et complice, elle semblait avoir un pouvoir sur lui, lui qui derrière son impassibilité ne pouvait s'empêcher d'imaginer une étreinte amoureuse avec elle.

Elle était tellement belle, son aire autoritaire en faisait fantasmer plus d'un, même certaines femmes auraient tout donné pour quelques heures d'intimité avec elle. Cette brune aux yeux bleus et au regard profond avait une plastique parfaite, elle était élancée et aurait clairement pu faire du mannequina tant elle paraissait magnifique, d'une beauté diabolique.

Il pensait que lorsque cette affaire sera classée, il ne la reverrait plus. Il ne pouvait pas s'imaginer à quel point il avait raison, bien qu'elle allât bientôt hanter ses rêves.

Le jour où tout a basculé, Pavot ne voulait pas admettre la vérité, mais elle s'est imposée à lui.

« C'est incroyable que le meurtrier vous glisse entre les doigts depuis treize ans ! Que dis-je, que vous n'ayez pas la moindre idée ou même la moindre piste à son sujet !

— C'est une femme ceci est une certitude, toutes les victimes étaient hétérosexuelles.

— Bravo inspecteur ! Impressionnant, toutes ces années pour cette conclusion !

— J'ai le profil de la tueuse, c'est une femme qui doit avoir entre trente-cinq et quarante ans. Elle est très intelligente et forcément très belle pour séduire ses victimes. Une femme dominatrice, peut-être une femme de pouvoir. Elle n'agit pas dans la précipitation et il est évident qu'elle connaît nos méthodes de travail, peut-être a-t-elle même accès à certaines informations.

— Tiens donc, elle serait liée à l'enquête maintenant. Après tout au stade où vous en êtes, tous les scénarios sont encore possibles !

— Aucune caméra n'a jamais croisé son chemin. Le peu de témoignages que nous avons nous montre un portrait différent. Elle se déguise, porte des perruques brunes, rousses ou blondes et prépare ses crimes dans le moindre détail. J'envisage d'approfondir la piste d'une femme proche de l'enquête et il ne doit pas y en avoir énormément. »

Un blanc s'installe alors, un court instant Pavot se dit que même Clara pourrait être la coupable, mais il se ravise vite par manque de lucidité, sous son charme envoûtant. Cette expérience lui servira de leçon pour toujours. Clara, quand a-t-elle, pour la première fois, se sent en danger. Mieux vaudrait peut-être se débarrasser de lui, cela crève les yeux qu'il n'a qu'une envie, celui de l'avoir dans son lit et c'est ce qui l'a sauvée jusqu'ici.

Mais ce malaise résonne dans l'esprit de l'inspecteur, il sait que le côté sataniste de l'affaire a toujours déplu à Clara, mais pour quelle raison ? Cela paraît quand même étrange finalement. Il décide donc de tenter une nouvelle approche pour la blanchir définitivement de son esprit. Et pourtant plus il y pense et plus cela paraîtrait sensé.

« Dans tous les cas, la meurtrière doit être déséquilibrée et faire partie d'une secte satanique », dit-il sèchement.

« Peut-être est-elle manipulée par une sorte de gourou !

— C'est vraiment complètement débile ! »

Clara s'est laissé emporter une fois, une seule seconde, un court instant qui laissait à une personne comme Pavot entrevoir une ambiguïté qui remet tout en question.

« Mais que vous arrive-t-il Clara ? Vous semblez perturbée d'un coup.

— Nous reparlerons de ça demain, il faut que j'y aille. Établissez une liste des suspects potentiels et nous ferons le point. »

Lorsque leurs regards se croisent à ce moment-là, ce dernier regard qu'ils s'échangeraient, tous deux savaient, Clara s'empressa de s'en aller, Pavot resta quant à lui comme assommé. Toutes ces années et ce serait-elle ? Abasourdi, il a du mal à encaisser l'évidence.

Le lendemain c'est bien le corps de Clara éclaté sur le bitume qui sera l'épilogue de cette affaire.

Elle c'était tuée en se défenestrant laissant ce fameux journal derrière elle.

10
Journal d'une cannibale

Le lendemain la presse titrait :

« La cannibale n'était autre que la procureure de la République. »

« La sorcière cannibale menait l'enquête. »

« Clara Veneficus s'est jouée de tous durant treize ans. »

« Pavot a finalement démasqué la sorcière cannibale. »

Et pourtant l'inspecteur était endeuillé, il n'arrivait toujours pas à comprendre ni même à admettre que Clara était la coupable.

Lors de la perquisition, il n'y avait rien de probant, pas de perruques, d'armes ou d'équipements pour mener à bien ses opérations. Elle devait éliminer toutes les preuves après chaque meurtre, et se procurer le nécessaire à chaque nouveau crime. Sans cette discussion avec Pavot, personne n'aurait jamais démasqué Clara, cela paraît certain.

Dans l'armoire, les enquêteurs ont finalement mis la main sur ce qui semble être un journal, qui d'ailleurs ressemble plus à un grimoire. Sa couverture en cuir marron portait un écusson doré en forme de pentagramme. Un système de serrure en condamnait l'accès.

Antoine Pavot eu immédiatement l'image du pendentif porté autour du cou de Clara, se cou qui quand il y repense, la rendait irrésistible à lui tout seul. Ce pendentif étant la clé du grimoire.

« CAPTIS ANIMARUM » La capture des âmes.

Écrit en alexandrins, il retraçait de manière horrible et pourtant poétique l'épopée de la sorcière cannibale.

« Le cœur contient l'âme de l'être ainsi que ses vies.
Pour l'emprisonner et éviter qu'elle s'enfuie.
Lors d'une nouvelle lune et pendant qu'il bat encore.
La capturer avant le spectre de la mort. »

Ces pauvres hommes ont été incisés vivants ! Glaçant, terrifiant, se mettre dans la peau de Clara risque de laisser des séquelles indélébiles. Et pourtant Pavot est l'obligé de cette tâche, de plus cela le ronge de découvrir qui elle était réellement. Intrigante, démoniaque, rien à voir avec des rites sataniques, elle était le mal incarné !

« PRIMUS ANIMA » la première âme.

« Encore chaude, elle bat en moi pour l'éternité.
J'ai su la saisir avant son voyage dernier.
Elle me jalouse la faucheuse, me l'a murmuré.
J'ai repris son rôle et une âme j'ai capturé.
Voici son dernier souffle et à moi son spectre.
C'est bien plus qu'un plaisir et je m'en délecte.
Le goût du sang, de la chair depuis des siècles.
Le sacre de la lignée de mes ancêtres. »

Pavot n'en croit pas ses yeux, la lignée de ses ancêtres ?

« Il faut que je retrace son arbre généalogique, quelle est cette lignée sacrée ? »

Lorsqu'il tape Veneficus sur son clavier d'ordinateur, une définition latine lui glace le sang. Un simple hasard ? Impossible, sorcier, voilà ce que veut dire son nom de famille.

Totalement perdu, il découvre dans les archives de la police qu'elle était orpheline. Ses parents ont été sauvagement assassinés lors d'un cambriolage ayant mal tourné dans sa dixième année.

Impossible de remonter à plus de trois générations, son origine restera inexpliquée.

La réponse réside peut-être dans ce journal, il s'y replonge dès le lendemain.

« SACRO GENERE » la ligné sacrée.

« Mon héritage est sacré et spirituel.

L'enveloppe restant éphémère quant à elle.

Je me nourris des âmes et me réincarne.

Dans l'au-delà ma patience reste ma flamme ».

Les trois cents pages de ce mémoire ne précisent pas de date, d'évènements ou de mode opératoire, juste une sorte d'idéologie macabre qui consisterait à manger le cœur d'un humain alors qu'il lui a été arraché de son vivant. De dévorer celui-ci afin de « capturer son âme » et ainsi de pouvoir vivre éternellement en se réincarnant au gré de sa volonté et de la compatibilité de son hôte. Lors de sa « nouvelle naissance », elle ne serait pas consciente de ses anciennes vies avant un jour de révélation.

« REVELATIONE DIEM » le jour de la révélation.

« Voici enfin le jour de la révélation.

Le goût du sang réveil mon âme de son sommeil.

Voici mon renouveau, le jour du grand frisson.

Une nouvelle naissance alors que j'étais en veille.

Je suis dorénavant et à nouveau en chasse.

In eternam et ne laissant pas de trace.

Voici venir une sombre et nouvelle vague.

La mort elle-même dans son rôle rétrograde. »

Cette affaire laissera des traces indélébiles à Antoine Pavot, il rêve ou plutôt cauchemarde régulièrement d'elle. Dans son lit faisant l'amour avec Clara, elle lui tranche soudainement la gorge. Il se réveille trempé de sueur, ces rêves semblent tellement réels, finalement il était amoureux d'elle, son emprise sur lui le poursuivra tout le reste de sa vie.

11
Flash-back

Annie, quant à elle, n'est plus la même depuis ces évènements. L'odeur du cadavre de Richard lui a fait une sensation bizarre, elle repense soudain à ses parents. Des images qui s'entrechoquent dans sa tête.

Le cadavre de sa mère sur une civière, la bave moussante autour de sa bouche signe de l'overdose qui lui fût fatale et son père impassible qui ne la regarde même pas passer. Il n'y a pas eu de funérailles, elle a fini incinérée et dans une fosse commune sans même une bénédiction. Elle revoit les hommes qui venaient pour coucher avec sa mère pendant que son père s'envoyait un shoot d'héroïne. Ses parents n'avaient aucune attention à son égard, pas le moindre signe d'affection. Se rappelaient-ils sa présence à un certain moment si ce n'est pour la maltraiter ? Non bien sûr, ils vivaient dans un monde à part, loin de la réalité. Elle se rappelle qu'elle se demandait souvent si c'était ça la vie ? Valait-elle vraiment le coup d'être vécue ?

Seule satisfaction, la sensation qu'elle pouvait éprouver lorsqu'elle se lançait à corps perdu dans la littérature, les livres sont une telle échappatoire, elle pouvait dévorer trois cents pages d'une bouchée. Elle restait à la bibliothèque pendant des heures, n'avait aucune envie de retourner chez elle.

Quelle immense fierté lorsqu'elle a obtenu son bac avec mention très bien ! Elle allait à la FAC le jour et travaillait comme serveuse la nuit afin de subvenir à ses propres besoins. Elle était indépendante depuis bien longtemps et n'a jamais eu besoin de personne pour réussir, elle a tout ce qu'elle a obtenu uniquement grâce à son abnégation et au travail qu'elle a fourni.

Puis un flash la renvoie dans la chambre de ses parents, le corps de son père étendu sur le lit, lacéré de toutes parts, son sexe tranché, ses yeux crevés. Le sang absorbé par les draps et le matelas. Elle est restée là durant 2 jours sans bouger, à l'observer. C'est cette même odeur de putréfaction qui se dégageait de la dépendance. Cette odeur qui avait alerté les voisins tellement elle était forte. Les secours ont explosé la porte d'entrée, car personne ne répondait lorsqu'ils ont toqué.

Un autre flash la ramène dans son lit, son père se glissant doucement sous ses draps pour abuser d'elle. Elle se souvient, son odeur dégoûtante, ses menaces et cette douleur atroce lorsqu'il la violait.

Puis des images du foyer, perdu dans les bois, un calme apaisant et de bonnes sœurs si attentionnées à son égard. Finalement elle y était bien, certes elle n'avait pas d'amie, mais concrètement personne n'était ami là-bas. Toutes semblaient vidées, le regard hagard attendant que se passe le fil de la vie.

Mais Annie était bien plus forte que les autres. Son mental, son impassibilité, son calme et son analyse. Elle se rappelle cette rage qui lui donnait une force unique, prête à tout bouffer, rien ni personne ne l'effrayait.

Rien ni personne ne l'effraie, c'est ça la vérité. Elle avait tout oublié, elle s'était juré de ne plus jamais se laisser faire. Ces souvenirs qui ont refait surface ont un fort impact sur

Annie qui, comme envoûtée, semble avoir été réveillée d'une sorte de rêve qu'elle s'était fabriquée pour vivre sa petite vie idéale.

« Je vais me la faire cette pétasse ! J'ai surmonté bien pire ! Mais qu'est-ce qu'elle croit celle-là ! »

Finalement ce passé est sa force et ces souvenirs qui remontent soudainement lui remettent les idées en place. Bien qu'elle ne se rappelle pas tout, elle sait bien qu'au fond d'elle tout remontera tôt ou tard.

12
Paranoïaque

Ce jour-là, au bureau, elle semble ailleurs, comme groggy par une situation qui la dépasse.

Annie a l'impression de voir Sophia partout. Elle est obnubilée par cette sensation. Elle ressent sa présence constamment et cela la perturbe, pire que ça, cela lui pourrit la vie. Elle rêve qu'elle lui tranche la gorge, se surprend parfois à aimer cette sensation.

Avec Christian une certaine distance s'est créée. Une distance qui est devenue un fossé.

« Tu ne vas pas bien, tu deviens paranoïaque ! Il faut que tu fasses la part des choses, ça soule tout le monde bordel ! Tu impact ton entourage et surtout Adrien !

— Parano moi ? T'es sérieux ! Elle a étripé le père de mon fils ! Et c'était lui son père et pas toi ! Alors cesses donc de te prendre pour ce que tu n'es pas bordel ! Tu devrais me soutenir et pas me faire passer pour une folle. Je ne peux vraiment compter sur personne dans ma vie ! Et pourtant je le sais, pourquoi je m'obstine à vouloir faire confiance à quelqu'un !

— Tu penses vraiment ce que tu dis ? Je n'y crois pas putain ! Avec tout ce que j'ai fait pour toi ! Tu sais quoi…

— Non je ne sais pas et d'ailleurs je m'en fous complètement ! »

Annie hurle de colère.

« Tu vas bien m'écouter, lâche-moi, fou moi la paix et barre-toi de là. »

Un air démoniaque envahit soudain le visage de Annie, ses yeux deviennent sombres, un regard menaçant qui l'espace d'un instant, intimide Christian qui décide de claquer la porte en sortant du bureau. Sans rien dire, Annie prend ses affaires. Elle sait que Christian va quitter définitivement sa vie.

Derrière les piliers du parking souterrain, une silhouette se faufile sournoisement. C'est celle de Sophia qui dans un calme glaçant se glisse derrière Christian et lui assène une dizaine de coups de couteau dans les côtes. S'écroulant au sol tel un pantin, le poumon perforé, il regarde horrifier le visage de son bourreau. Elle l'égorge alors froidement en savourant ce moment qui paraît être une éternité tellement elle fait durer le plaisir. Il s'étouffe lentement dans son propre sang, Sophia se délecte de cette scène et n'en loupe pas une goutte, pas une seule goûte de ce sang qui coule dans le caniveau, s'épaississant avec la poussière telle une coulée de lave ardente.

C'est ce même parking où, il y a quelque temps encore, Christian vivait des moments torrides avec Annie, qui est finalement devenue l'endroit de sa plus grande et dernière souffrance, quelle ironie et quelle fin tragique.

Elle traîne alors difficilement son corps inerte derrière cette voiture qui paraît abandonnée depuis un long moment.

Mais les traînées de sang ne laisseront personne dupe, guidant quiconque qui passerait par-là vers cette macabre découverte, celle de Christian qui finalement n'est plus qu'une dépouille qui glacera le sang de chaque personne qui osera poser son regard dessus.

En rentrant ce jour-là, Annie croit voir Sophia partout. En passant devant chez les Dédin, tout paraît si calme dans cette ferme pourtant d'habitude tellement agitée. Elle croit voir Sophia au loin, se faufilant derrière la grange. Mais que ce soit elle ou pas, Annie sait bien qu'il ne faut surtout pas s'aventurer chez ces gens. Ils sont bien trop dangereux pour elle, surtout aux vues de la situation.

« Si seulement j'avais une arme, j'irais leur régler leurs comptes à ces consanguins de malheurs ! »

En rentrant chez elle, son fils est déjà à la maison.

« Comment assurer sa sécurité, comment être tranquille lorsqu'il est seul comme ça en rentrant de l'école ? Plus personne sur qui compter, à moins que j'essaie de me réconcilier avec Christian et qu'il vienne vivre ici… Il faut que je trouve une solution. »

Mais Christian ne décroche pas son téléphone, elle pense qu'il ne lui répond pas, mais ignore qu'en fait il ne répondra plus jamais.

13
L'étau se resserre

Au commissariat, Pavot a enfin reçu les mandats qu'il attendait pour les perquisitions.

« Inspecteur ! On a retrouvé le corps de Christian Stil dans le parking de son travail, il a été égorgé. Cela doit faire quelques heures.

— Où est Madame Stil ?

— Aucune idée monsieur, elle a quitté son travail vers 16 h selon ses collègues. Apparemment une dispute a éclaté entre elle et Christian.

— Envoyez une unité chez elle et une chez les Dédin, qu'ils bloquent tout ce petit monde dans une pièce, nous irons faire les perquisitions, mais tout d'abord allons voir ce pauvre Monsieur Stil, ou ce qu'il en reste.

— Très bien inspecteur, mais concernant les Dédin, cela risque d'être plus compliqué que prévu, le père n'est pas du genre à coopérer, il est armé et vraiment imprévisible.

— D'accord, on s'occupe d'abord des Stil, laissez une patrouille aux abords de la ferme des Dédin, mais qu'ils se fassent discrets. Nous irons chez eux en nombres afin de prendre moins de risque. »

Arrivé sur les lieux du crime, le légiste vient pour briefer l'inspecteur.

« C'est un gaucher, comme pour Richard Stil, treize coups de couteau dans les côtes, pas très profonds, mais déjà fatals. L'égorgement n'était pas nécessaire. L'entaille du couteau sur la gorge n'est pas nette, il semble donc que…

— Que le meurtrier a pris son temps pour lui trancher la gorge, le pauvre homme a dû souffrir le martyre. Madame Stil est droitière, ça ne peut donc pas être elle.

— Tout à fait, et la manière dont il a été traîné laisse à penser que le meurtrier a eu du mal à le déplacer. Il ou elle ne doit pas être très robuste. »

L'inspecteur s'évade l'espace d'un instant.

« Treize coups de couteau, treize comme le nombre de victimes de la sorcière. Cette affaire m'a vraiment marqué, tout me fait penser à toi Clara. »

Une sorte de lien les a soudés à tout jamais. Peut-être un sort ténébreux lancé par Clara avant sa mort. Il repense aux rêves qu'il fait d'elle, elle hante ses nuits. Il se voit couché avec elle de manière torride, puis soudainement elle saisit un couteau et… il se réveille paniqué et trempé de transpiration.

« Tenez-moi au courant si vous retrouvez l'arme du crime ou d'autres indices.

A-t-on pu appréhender Madame Stil ?

— Oui, elle est chez elle et la perquisition est en cours.

— Très bien, allons chez les Dédin puis nous irons chez elle. »

Arrivé devant la ferme, c'est tous les policiers du central qui ont été appelés.

Lourdement armés et casqués, ils déploient boucliers antiémeute et gilets par balles. Quelle force déployée pour

3 hommes et une ou deux femmes se dit Pavot à ce moment ! Mais il ne connaît pas la folie du vieux et de ses deux fils.

Ils progressent doucement en s'attendant à se faire attaquer par les chiens, mais il n'en est rien. Et lorsqu'ils entendent les chiens aboyer dans la grange, ils se préparent à l'arrivée du père Dédin en furie. Mais rien n'y fait, pas de signe de vie, étrange.

« Séparez-vous, une équipe dans la grange, une équipe par derrière et nous on passe devant. Vous, vérifiez le hangar. À mon signal on intervient tous ensemble. »

Au top, les unités pénètrent violemment dans la grange, dans le hangar et dans la maison.

Dans la grange, les chiens sont attachés, deux restes de cadavres ont été pratiquement entièrement dévorés. Ce sont les frères Dédin qui gisent sans vie, ou plutôt ce qu'il en reste. Les asticots se sont déjà invités au banquet, l'odeur est insoutenable.

Dans la maison, le père Dédin le crâne explosé par un coup de fusil à bout portant est étendu sur le canapé. Son cerveau est en lambeau, il pourrit dans une mare de sang, la scène est horrible.

« Inspecteur ! À la lisière de la forêt, encore un cadavre, c'est une femme d'une soixantaine d'années.

— Ce doit être la mère, ils ont tous été exécutés, y a-t-il une jeune fille d'environ 16 ans quelque part ?

— Non chef, pas pour le moment.

— Continuez à fouiller et tenez-moi au courant dès qu'il y a du neuf. Je me rends chez Madame Stil. »

Annie a du mal à contenir sa colère.

« Mais comment osez-vous me retenir chez moi comme cela, comme une criminelle ? Vous n'avez pas le droit !

— Ce sont les consignes de l'inspecteur Madame, pour votre sécurité. Il est en route et ne va pas tarder. Prenez votre mal en patiente.

— Tu parles… »

Elle va rejoindre son fils dans la cuisine.

« Mais qu'est-ce qu'ils veulent maman ? Qu'est-ce qui se passe ?

— Ne t'inquiète pas mon chéri, ils sont là pour nous protéger.

— Mais de qui, de quoi ? La personne qui a fait du mal à papa et à Jack ? »

Tous deux ne sont pas au courant de la mort de Christian.

« Je t'expliquerais tout mon chéri, ne t'inquiète pas. »

Et soudain elle voit au loin Sophia qui les observe depuis la lisière de la forêt.

« Cette fois tu ne m'échapperas pas !

— Qui maman ? De qui tu parles ?

— Chut ! ne dis rien au policier, je reviens vite mon chéri. »

Elle se faufile par la porte de derrière, une batte de baseball traîne par terre, elle la ramasse et se lance à la poursuite de Sophia.

« Mais où est-elle putain ? »

Un bruit de buisson et de branche comme si quelqu'un s'enfuyait. Puis une silhouette au loin. Annie court de toutes ses forces, elle commence à voir plus clairement la silhouette, mais la nuit tombe et il commence à faire sombre. Elle trébuche et tombe violemment sur un tronc. Elle est K.O pendant plusieurs dizaines de secondes. Elle ouvre les yeux, le sang coule sur son visage et devant elle, floutée, elle voit Sophia un fusil de chasse entre les mains.

« Alors, on dirait que ta dernière heure a sonné salle pétasse ! Mais je ne vais pas te tuer d'un coup, je vais faire durer le plaisir, tu vas souffrir, comme avec ton idiot de mari et ton enfoiré d'amant !

— Non ! Mais qu'est-ce que je t'ai fait, je voulais t'aider et toi tu…

— La ferme, cours, je te laisse 20 secondes d'avance, cours grosse pute ! »

Annie s'enfuit totalement terrifiée, ses jambes ne semblent plus pouvoir la tenir, elles ne semblent plus vouloir lui obéir.

Pendant ce temps, Pavot arrive sur les lieux. Il trouve Adrien seul dans la cuisine.

« Où est-elle mon garçon ?

— Elle est allée poursuivre quelqu'un dans la forêt.

— Mais qui donc mon garçon ? Une fille ?

— Je ne sais pas monsieur, je n'ai vu personne.

— OK bonhomme, ne t'inquiètes pas tout va bien se passer. Bande d'idiots, elle s'est enfuie ! Deux hommes avec moi, les autres surveillez le gamin et faites en sorte qu'il ne lui arrive rien ! »

Ils se lancent à la recherche de Annie, arriveront-ils à temps ?

Épilogue

C'est un soir sans lune, la nuit est d'un noir profond et seules les étoiles en scintillant donnent un semblant de lumière dans cette pénombre silencieuse.

Tapie dans des buissons de cette forêt dense, une batte de baseball serrée entre ses mains, Annie terrorisée est à l'affût du moindre bruit. Ses sens sont éveillés comme jamais elle ne pouvait l'imaginer. Le moindre hululement, la moindre feuille caressée par le vent la met en alerte. Le parfum si particulier des sapins mêlé d'une senteur de fleurs sauvages, comme déposé par cette douce brise sur son visage.

Dans un moment de lucidité, elle se demande :

« Mais merde, comment j'ai pu en arriver là ? Comment ma vie peut-elle se jouer ce soir, la nuit de l'anniversaire de la mort de mon père ? Quelle ironie ! »

En effet, 20 ans plus tôt, son père fut violemment assassiné dans des circonstances encore inexpliquées.

Puis elle pense à son fils Adrien 10 ans :

« Comment fera-t-il sans moi ? Quelles séquelles indélébiles, sa peine lui laissera-t-elle ? Qui s'occupera de lui ? »

Puis elle s'imagine Adrien en foyer abandonné à son sort, comme elle-même à son âge, elle ne peut supporter cette idée.

Dans un sursaut d'orgueil, elle se dit qu'elle ne lâchera pas l'affaire si facilement, que si elle devait vivre ses derniers moments ce sera en tant que guerrière et non en tant que victime.

Soudain le chant des oiseaux, un craquement de branche, elle ouvre difficilement les yeux :

« Que s'est-il passé, je me suis endormie ? »

Quelqu'un avance vers elle, c'est sûr, c'est le moment décisif ! Elle attend encore et encore le meilleur moment, soudain elle se lève et frappe de toutes ses forces à l'aide de la batte de baseball. Le bruit sourd de l'impact sur la tête est semblable à celui d'une pastèque qui s'écrase au sol. Ce goût de sang qui coule dans sa bouche est-il celui de la délivrance ?

Étendu au sol l'inspecteur Pavot gît le crâne explosé, en pleine agonie. C'est ce goût de sang dans la bouche de Annie qui la délivre effectivement, qui la délivre de Sophia. Tout est clair à présent, il n'y a pas de Sophia autre part que dans sa tête. C'est même à ce moment-là que Annie a définitivement perdu la partie au profit de Sophia.

Elle se revoit égorger son père dans son sommeil, lui trancher le sexe après l'avoir planté plus de cent fois. Lui crever lentement les yeux pendant qu'il agonisait. Ce sexe qui lui a fait tant de mal. Sa mort fut un moment de libération, la première fois où elle s'est sentie libre, voire heureuse.

Elle se rappelle torturer ce pauvre Jack puis rechercher son cadavre putréfié et le pendre à un arbre.

Elle se souvient s'envoyer un message du téléphone de Richard après lui avoir fait subir le même sort qu'à son père, se vieux dégueulasse. Puis trancher des lambeaux de sa chair pour en faire des lasagnes et les donner à manger à son fils et à Christian. Christian, cette fiote qu'elle a regardée agoniser lentement en se délectant de ce moment atroce.

Elle se revoit quand elle débarquait chez les Dédin, faisant un signe à David junior en lui faisant croire qu'il allait avoir la fellation de sa vie. Il l'avait fait rentrer dans la grange et attacher les chiens avant qu'elle le frappe à la tête avec une pelle, lui explosant ensuite le crâne au sol avec une série de coups d'une violence inouïe. Elle se rappelle avoir saisi une fourche et transpercé Marc lorsqu'il est venu en croyant assister à un nouveau viol de son frère. Elle se remémore les avoir traînés au plus près des chiens pour qu'ils les dévorent alors que Marc respirait encore.

Puis elle a récupéré le fusil de chasse du vieux Dédin, elle s'est faufilée dans la maison et lui a explosé la tête alors qu'il était totalement soûl sur son canapé. Elle a ensuite pourchassé la mère qui tentait de s'enfuir dans la forêt, calmement sans même courir, attendant ce moment où elle trébuche pour finalement l'abattre comme un chien.

C'est elle qui a laissé Adrien se jeter dans la piscine tout en sachant qu'il ne savait pas nager, elle était retournée dans son lit comme si de rien n'était en attendant patiemment qu'il se noie.

Puis elle se voit se glisser dans la chambre d'Adrien et prendre un coussin pour l'étouffer dans son sommeil, ceci n'est pas encore arrivé, mais c'est ce qui va se passer dès qu'elle sera rentrée.

« En fin de compte il n'y a que ce con de Pavot qui est mort par accident ! SACRO GENERE ! REVELATIONE DIEM ! CAPTIS PRIMUS ANIMA » et elle rit aux éclats alors qu'elle se penche sur l'inspecteur pour lui ouvrir la poitrine.

« Comme on se retrouve mon vieil ami… »

Il s'avère que le nom de jeune fille de Annie est Magissa, ce qui veut dire sorcière en grec…

Son rire qui résonne dans la forêt aux aurores est terrifiant, le début d'une nouvelle vie pour la sorcière cannibale…

... On peut très bien comprendre toutes les phrases, mais ne pas comprendre le texte.

BloodSpeed, RIP.

Imprimé en Allemagne
Achevé d'imprimer en février 2024
Dépôt légal : février 2024

Pour

Le Lys Bleu Éditions
40, rue du Louvre
75001 Paris